LES HOCHETS MORAUX, OU CONTES POUR L'ADOLESCENCE;

DÉDIÉS à son Altesse Sérénissime MADEMOISELLE,

PAR M. MONGET.

La Philosophie a des Discours pour la naissance des Hommes, comme pour la décrépitude.

(*Essais de Montaigne.*)

SECONDE PARTIE.

A PARIS,

Chez LAMBERT & BAUDOUIN, Imprimeurs-Libraires, rue de la Harpe, près Saint-Côme.

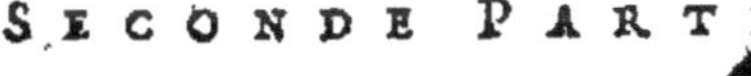

M. DCC. LXXXIV.

JE devois ces nouveaux Contes au desir des Personnes les plus respectables; je les devois à l'accueil que les premiers ont reçu du Public : ils présenteront avec ceux-ci, une différence de style assez remarquable. C'est un *Crescendo* propre, je crois, à l'intelligence des Lecteurs auxquels ce recueil est plus particulièrement destiné.

TABLE.

SUITE DES

HOCHETS MORAUX,

CONTES.

LE CORNET DE BONBONS.

CONTE XVII.

Muses, qui trop ſouvent à de profanes mains,
Livrant les armes du génie,

Fîtes le malheur des Humains (1)
Dont vous devez charmer la vie,
Je ne veux point de vos crayons.
Amour du genre-humain, dont la divine flamme
Élève & pénètre mon âme;
Parle! Je vais écrire au feu de tes rayons.

ET vous, Sang de mes Rois, adorable Princesse (2),
Qui daignâtes sourire à mes premiers accens;
O vous! dont les talens, les grâces, la jeunesse,
Prêtent à la vertu des attraits plus puissans;

Soutenez mes efforts. D'autres, à la Victoire,
Pour les BOURBONS guerriers, brûleront leur encens ;
Je voudrais consacrer au Temple de Mémoire
Les paisibles vertus des BOURBONS bienfaisans (3).
Qu'un Enfant aujourd'hui reçoive notre hommage (4).
De son Auguste Frère il aura les regrets.
Couvrons de fleurs sa tombe ; & disons quel usage
Il sut faire de ses bienfaits.

QUEL EST, dit-il un jour ? que veut ce Militaire

A ma Cour aſſidu ? C'eſt un brave
Soldat
Qui ſollicite en ſa misère
Quelque prix de ſon ſang répandu
pour l'État.
Digne de cette récompenſe,
Le brave Saint-Hilaire eſt sûr de
l'obtenir.
Mais du jeune BOURBON la noble
impatience
Brûle encor de la prévenir.
Voyez ſon aimable induſtrie
Au choix de ces petits pré-
ſens
Que le jeu d'une Loterie
Fait échoir à ſes Courtiſans !
Un Cornet de Bonbons revient à Saint-
Hilaire ;

Le Cornet de Bonbons.

Il l'ouvre ; & c'eſt de l'or que cachent
ces Bonbons.
Surpris, il veut parler. Digne Enfant
des Bourbons,
Tu lui fis ſigne de ſe taire.

NOTES.

(1) *Fîtes le malheur des Humains, &c.*

Les Ouvrages d'Homère ſous le chevet d'Alexandre, & Céſar pleurant de dépit devant la Statue de ce Conquérant, n'accuſent-ils pas depuis trente ſiècles les Panégyriſtes des exploits militaires ? « De tout » tems ils firent le malheur des Nations, en » ſéduiſant leurs Chefs par de fauſſes idées » de grandeur. » Voilà comme en parle le Savant M. de Gébelin, dans le huitième tome de ſon *Monde primitif.* Quelle autre gloire, en effet, peut-on prétendre au métier des armes, que de défendre ſes propriétés, & de protéger l'innocence opprimée ?

(2) *Et vous, ſang de mes Rois, &c.*

Madame la Ducheſſe de Chartres.

(3) *Les paiſibles vertus des Bourbons bienfaiſans.*

Les Annales de Louis VI, de Philippe-

Auguſte, de Louis IX, de Louis XII, de Louis XIV & de Louis XV, offrent ſans ceſſe des traits de la bonté la plus touchante, & de toutes les vertus. La continence de Charles VIII, à 23 ans, négligée par nos Peintres, prouve plus de magnanimité que celle de Scipion.

Entre tant de monumens connus, de la bonté de Henri IV, les Deſcendans de Jean Rouſſat, Maire de Langres, ſeront flattés de voir citer celui qui exiſte dans leur Famille.

De plus de 150 Lettres de Henri IV à ce Maire, qu'avait gardées, dit-on, M. Andrieu, Seigneur de Chaſtenay, il n'en reſte aujourd'hui à Langres que 83, entre les mains de M. Andrieu de Tornay, iſſu de Charlotte Rouſſat, fille unique de Jean.

De ces 83 Lettres que j'ai ſous les yeux, il y en a cinq, toutes de la main de ce bon Roi, dont je baiſe la ſignature.

La première des 78 autres, signée Henri, & plus bas Brûslard, est du 24 Janvier 1586. La dernière, du 26 Janvier 1607. Dans toutes ces Lettres, avec les témoignages de l'affection particulière de Henri IV pour le Maire de Langres, on retrouve son amour pour ses Peuples & la beauté de son âme. Au milieu des grands intérêts qui occupaient ce Prince, & dont il s'entretenait régulièrement avec celui dont il se dit l'*affectionné Maître*, *l'affectionné & assuré Ami*, il ne négligeait point les petits détails. On est attendri en lisant cette Lettre :

« Monsieur Roussat, Valleford, Chevaucheur de mon écurie, a laissé à Langres un cheval entre les mains de Garnier, Habitant de ladite Ville, lequel il desire retirer. Je vous prie le lui faire rendre, en payant audit Garnier la dépense du cheval, ainsi qu'il est raisonnable. Et n'étant la présente pour autre effet, je prie Dieu, &c. A Dijon, ce 14

» Juin 1595. *Signé*, HENRI. Et plus bas, » DE NEUFVILLE. »

Et ces autres détails :

« Monsieur Roussat, je vous ai envoyé » ma Procuration pour contracter avec le » Comte de Châteauvillain, de sa vaisselle » d'argent & fer, qu'il me veut prêter. Je » vous prie qu'au plutôt vous fesiez tenir à » Metz (pour la solde des Reistres) l'ar- » gent qui en proviendra. »

Et ensuite :

« Le Comte de Châteauvillain se plaint » du prix que vous avez fait de sa vaisselle » & fer ; avisez à le contenter le plus rai- » sonnablement que vous pourrez, &c. »

Puis dans sa Lettre du 12 Mars 1595, en se félicitant de quelques avantages remportés en Bourgogne par le Baron d'Aussonville, & le sieur de Tremblecourt, qu'il veut soutenir :

« J'ai reconnu, dit le Monarque, qu'on

» a principalement besoin d'un canon qui » fut dernièrement laissé à Chaumont, & » de balles ; & que, sans cela, ils per- » draient de belles occasions de continuer » leurs desseins. J'ai résolu d'envoyer pren- » dre ledit canon audit Chaumont par le » Sieur de Punelle. Vous leur ferez four- » nir des balles de celles qui sont au Ma- » gasin de ma Ville de Langres, en four- » nissant par le sieur de Tremblecourt, aux » frais de la conduite du canon, du louage » & nourriture des chevaux qui le condui- » ront, en payant aussi lesdites balles. » Comme j'ai reconnu par les Lettres que » vous a écrites le sieur de Tremblecourt, » qu'il s'offroit de faire l'un & l'autre, à » cette fin j'écris au sieur de Punelle qu'il » s'achemine audit Chaumont pour prendre » & amener ledit canon. Mandez au sieur » de Brantigny qu'il le lui fasse bailler » incontinent. Je vous prie aussi faire en- » sorte que les Maire & Échevins de ma

» Ville de Langres mettent en vos mains » les trois cent balles pour les envoyer là » où sera le sieur de Tremblecourt, lequel » vous avertira de mon intention, afin que, » suivant ce qu'il vous a mandé, il fasse » payer la voiture du canon, ensemble » lesdites balles, & que les Maire & Eche- » vins fassent moins de difficulté de les » fournir, voyant le remplacement tout » prêt; de quoi je vous assure que j'eusse » été très-aise de décharger le Sieur de » Tremblecourt; mais j'ai tant d'autres » dépenses sur les bras; je pense justement » pouvoir m'excuser de ce côté-ci, &c. »

Écoutons encore Henri-le-Grand parler de la bataille d'Ivry au Maire de Langres, pour qu'il *communique* sa Lettre, très-détaillée, *à ses fidèles Langrois, & autres* ses bons Serviteurs.

« . . . . A Dieu seul en est la gloire; » & de ce qui en peut, par sa permission,

» appartenir aux hommes, elle est dûe » aux Princes, Officiers de la Couronne, » Seigneurs & Capitaines, & à toute la » Noblesse qui y est venue, qui est arrivée » avec une telle ardeur, & s'y est si heu- » reusement employée, que leurs Prédé- » cesseurs ne vous ont point laissé de plus » beaux exemples de leur générosité qu'ils » en laisseront à leur postérité. Comme » j'en suis grandement content & satisfait, » j'estime qu'ils le sont de moi, & qu'ils » ont vû que si je les ai voulu employer ; » aucun doute que je ne leur aie aussi ouvert » le chemin. Je suis toujours à la poursuite » de la Victoire, &c. Écrit au Camp de » Rouy, ce 14 Mars 1590. *Signé*, HENRI. » Et plus bas, POTIER. »

Jean Roussat, qui avait déjà reçu quelques grâces de Henri IV, fut par lui mandé à Paris pour être récompensé de ses services ; & le jour même qu'il entra dans cette Capitale, le Roi fût assassiné.

Voici un trait récent de la popularité touchante de notre jeune Monarque Un jour du Printems 1781, Sa Majesté étant à Bellevûe avec Madame Adélaïde, des Écoliers du Collége d'Harcour s'y présentent, & demandent à voir le Château. On ne leur en permet point l'entrée. Fort mécontens, ils vont joindre le dîner qu'ils avoient commandé à Meudon. Louis XVI, informé de cette visite, dépêche un Courrier pour offrir l'accès du Château aux jeunes gens. Ils répondent qu'ils sont à table. Second Courrier; même réponse. Un troisième insiste, & les Écoliers se déterminent. On leur fait voir Bellevûe avec la plus grande complaisance. Ils sont introduits auprès du Roi & de Madame Adélaïde, & comblés d'attentions caressantes. Sa Majesté propose Elle-meme une partie de Barres, & se rend Juge du Camp, en désignant plusieurs fois ces enfans par leurs noms, qu'Elle leur avoit démandés. On leur sert ensuite une colation où règne la liberté familière autorisée par la bonté des Hôtes & l'âge des Convives. Ceux-ci retournèrent pénétrés d'un accueil dont les détails seront bien plus intéressans dans des bouches qui doivent en perpétuer le souvenir.

(4) *Qu'un enfant aujourd'hui reçoive notre hommage, &c.*

Monsieur le Duc de Bourgogne, mort à neuf ans, en 1761, frère de Louis XVI. Ce jeune Prince, en jouant avec des enfans de qualité de son âge, fit une chûte; & dans la crainte qu'on ne punît celui qui l'avoit occasionnée, il cacha long-tems son mal. Une tumeur survint; les Médecins, en ignorant la cause véritable, ordonnèrent une opération que le jeune Prince soutint avec une fermeté & une constance infiniment au-dessus de ses forces; & par un courage plus admirable encore, il persista à ne vouloir jamais nommer le coupable, & à lui faire toujours le même accueil.

LA BIENFAISANCE.

CONTE XVIII.

SI TU VEUX être heureux & rendre
heureux ton frère,
Ce que tu desires pour toi,
En sa faveur il faut le faire :
Voilà le Prophète & la Loi.
Trois Brigands, peu touchés d'une
telle maxime,
Non de ceux que l'on voit prudem-
ment revêtus
Du masque imposant des vertus,
Sourdement pratiquer le crime;

Mais de ces francs Voleurs, qui, sur
les grands chemins,
Pour mieux s'assurer de la bourse,
Usent par fois de la ressource,
A châtiment égal, d'être encore assassins.
Trois de ces Scélérats venoient d'ôter
la vie
Au père du jeune Saint-Flours.
En faisant grâce au fils, hélas! leur
barbarie
A de nouveaux dangers abandonnait
ses jours.
Sur le corps expirant de son malheureux père,
Inondé de ses pleurs,
Seul, en un bois épais, la faim & les
frayeurs

Allaient terminer ſa misère.
Un Bucheron paraît. A cet affreux
tableau,
Oubliant ſa propre infortune,
Pour emporter Saint-Flours, il jette
ſon faiſceau,
Raſſure cet enfant; &, fier d'un tel
fardeau,
Leur misère à préſent va devenir com-
mune.

L'HONNÊTE Bucheron, dans le fond
des forêts (*);

(*) Dans des forêts un peu conſidérables, un Bucheron eſt pluſieurs mois ſans aucune communication avec les habitations voiſines. Et en changeant d'attelier, il doit

Indigent, demi nud, avec ſa bonne
Hélène,
Nourriſſoit deux enfans du produit de
ſa peine;
Mais du moins il vivait en paix.
En arrivant ſous ſa feuillée:
Tiens, dit-il, mon Hélène, encore à
celui-ci
Il faut trouver du pain. T'es toute
émerveillée!
Eh bien, j'ai des bras, Dieu merci.
Allons, Jacot, Louiſe, embraſſez
votre frère.
Le plus à plaindre c'eſt bien lui,
Mes enfans! il n'a plus de père.

---

encore dépayſer les recherches, ſur-tout dans la ſaiſon des neiges.

Ça, ne pleurez point; me voici,
Mordienne! & voilà votre mère.
Déjà depuis six mois, objet des tendres soins
D'un autre Philémon, Saint-Flours en son asyle,
Compagnon d'une vie obscure, mais tranquille,
Apprenait à braver l'empire des besoins.

DANS une retraite profonde,
Sa mère cependant livrée à ses ennuis,
En proie à ses regrets, & détestant le monde,
Pleuroit son époux & son fils.
Un soir que, loin de sa retraite,

Elle errait triſtement aux bords d'une
forêt,
Elle entrevoit dans l'ombre, on ne ſait
quel objet
Qui trouble ſon âme inquiette.
Elle approche; c'eſt un enfant
Bien endormi ſur la fougère.
— Il faut, en l'éveillant, épargner à ſa
mère
Les peines que mon cœur reſ-
ſent,
Dit-elle. Dans le moment même
Survient notre bon Bucheron.
C'était ſon fils Jacot. — Ah! Madame,
pardon;
Vous avez des enfans! c'eſt qu'vlà
comme on les aime.
Hélas! notre pauvre Jacot,

Je le laissais dormir un peu l'après-
dînée,
Tandis, qu'achevant ma jour-
née,
Pour le travail du soir, je faisois ce
fagot.
A présent, grand merci de vos bontés,
Madame;
Grand merci de ce bel écu;
Il va bien réjouir ma Louise & ma
femme;
Et Louis!.... Viens, Jacot; toi, tu n'es
pas perdu.
A ces mots il s'éloigne; & de ses
pleurs baignée,
L'épouse de Saint-Flours regagne son
Château.
Mais rappelant à sa pensée

Ce propos, cet enfant, un tourment
tout nouveau
Agite son âme oppressée.
Plus fort que sa douleur, un invincible
attrait
La rappelle vers la forêt.
— Qu'on le cherche, qu'on me
l'amène
Ce Bucheron. Je veux, pour l'aider
dans sa peine,
Me charger de son fils. Ils arrivent
tous deux.
— Vous charger de Jacot! Eh! c'est
comme une Reine (*).

(*) *Comme une Reine.* Ce n'est point ici une expression vague, mais une allusion directe à plusieurs traits de bienfaisance de notre jeune Souveraine.

Mon Dieu ! ma noble Dame, il ſerait trop heureux.
Mais ſi vous vouliez bien, j'en ons encor un autre,
Bon, joli comme vous; pas tout-à-fait le nôtre;
Et s'il vous plaît de le choiſir,
De celui-là, vraiment, vous aurez du plaiſir.
— Quel eſt donc cet enfant? —Venez, venez, Madame;
Je l'apperçois dans ce taillis
Avec ma Louiſe & ma femme.
Son nom, je n'en ſais rien; nous l'appelons Louis.
Mais, tenez, le voilà. — Dieux! oh Dieux! c'eſt mon fils.
En effet, c'était lui. De cette tendre mère

On devine aiſément la joie & les
regrets.
Le Bucheron par elle enrichi de bienfaits,
Mais fidèle au travail, ainſi qu'à ſes
forêts,
Y finit une vie employée à bien faire.

L'AVARICE.

CONTE XIX.

Eh quoi ! te verrai-je ſans ceſſe,
O, mon fils ! ne penſant qu'à toi,
Cacher, accumuler l'argent que ma tendreſſe
Veut bien te confier pour un meilleur emploi ?
Ta cruelle parcimonie
M'afflige en toute occaſion.
Tu veux la colorer du nom d'économie ;

C'eſt une baſſe paſſion
Qui rétrécit ton âme, énerve ton génie,
Et fait fermer ton cœur à la compaſſion.
A toi, pour le moindre ſervice,
Vainement on aurait recours.
Aujourd'hui même encor à ta bonne Nourrice,
N'as-tu pas refuſé quelques légers ſecours?
D'un vice déteſté, plus affreux à ton âge,
Hélas! au déclin de mes jours,
Que je redoute le préſage!
Ainſi parlait un père; & ſon fils attendri,

Se taisait, rougissait. Ce père respectable
Ajoute, en l'embrassant : écoute, ô mon ami !
De quatre malheureux l'Histoire déplorable.

ARPAGON & son frère, avares tous les deux,
Dans un réduit obscur, haïs de leur famille,
Méprisés des voisins, traînaient des jours honteux.
L'un n'avait qu'un garçon, & l'autre qu'une fille.
Héritiers de grands biens, ces aimables enfans,

Deſtinés l'un à l'autre, unis d'un amour tendre,
Attendaient de l'Hymen la fin de leurs tourmens,
Et ſe conſumaient à l'attendre.
Deux fois douze Printems avaient vu de Zélis,
Dans l'ombre de la ſolitude,
Par des vertus & par l'étude,
Les charmes innocens chaque jour embellis.
Tels on voit ces fruits délectables
Deſtinés à parer nos tables,
Quand une main habile à tems ſut les cueillir;
Mais abandonnés ſur leur tige,
Tromper la main qui les néglige,
Se décolorer & périr,

Ainſi, triſte Zélis, à ton père barbare,
Vainement la Nature avait crié cent fois :
Zélis eſt à Lindor. Hélas! ſur un Avare
La Nature a perdu ſes droits.
Lindor, à ſon tour la victime
De l'avarice de Griffau,
Réclamait ſa promeſſe & le prix légitime
D'un amour dont lui-même alluma le flambeau.
Sourds à tout, hors au bruit d'eſpèces bien ſonnantes,
Les deux Vieillards obſtinément,
Par vingt défaites différentes,
Retardaient leur conſentement.

Cruels ! qu'attendez-vous ? inquiette, abattue,
Votre Zélis languit. Sa naïve pudeur
S'efforce de cacher la peine qui la tue.
Ah ! des feux du midi préſervez cette fleur.
Déjà, tremblant pour ſon Amante,
Lindor ne prétend que ſa main.
Content du plus humble deſtin,
Vos tréſors n'ont rien qui le tente.
Eh ! laiſſez-vous fléchir, il en eſt tems encor.
Non, non. Reſtait un point de toute autre importance,
Du coffre il faut tirer de l'or.
Et pourquoi, dira-t-on ? Hélas ! pour la diſpenſe,

Et nouveau refus à Lindor.
De ce coup, Zélis accablée,
Ne peut contenir sa douleur;
Et cette Amante désolée,
Bientôt succombe à son malheur.
A ses derniers momens, de sa main défaillante,
Elle presse la main de son fidèle Amant.
O mon Époux!.... Lindor, en son saisissement,
Expire aux yeux de son Amante.

Le châtiment suivit de près,
De ces pères cruels, les coupables excès.

Chacun, objet maudit de la publique
haine,
Mauvais maître, mauvais voisin,
Dans une même nuit, subissant même
peine,
Périt sous un fer assassin.

LE DISSIPATEUR.

CONTE XX.

A PÈRE AVARE, fils prodigue,
Dit le Proverbe, & j'y crois fort.
Par ſa léſine & ſon intrigue,
Griffard, depuis trente ans, comblait ſon coffre-fort.
Dans le bon tems, ne vous dé-plaiſe,
Il fut Laquais d'un Sous-fermier,
Delà, Commis devers Falaiſe,
Puis, dans la Capitale, habile Mal-tôtier.

Voilà des titres ; mais sans doute
Il ne faut se vanter de rien,
Oh ! de rien. Qu'importe la route,
Pourvu qu'elle nous mène au bien.
Par bien je n'entends la richesse(*),
Mais le vrai bien, le vrai bonheur,

(*) La Fontaine a dit ;

Jean s'en alla comme il étoit venu,
Mangeant le fonds après le revenu,
Croyant le bien chose peu nécessaire.

L'équivoque que présente ce dernier vers, est sans doute peu de chose pour un François, mais de toute autre conséquence pour un Étranger. Un Anglois de ma connoissance, pour désigner un homme riche, l'appelle toujours un homme de bien.

C'eſt bonté, juſtice, ſimpleſſe,
Et Dieu nous faſſe cet honneur.
Revenons à Griffard. Voyageur malhabile,
Hélas! il ſe fourvoya fort;
Car au bout d'une vie honteuſe, difficile,
Il eut une plus triſte mort.
Voilà ſon fils unique en pleine jouiſſance.
Vingt ans dans ſon obſcurité,
Les haillons de la pauvreté
Avaient maſqué ſon opulence.
Autre tems, autre allure. Au Fauxbourg Saint-Marcel,
Griffard ſecond n'offroit que peine & que misère;

Aujourd'hui, près du Louvre, en un
superbe Hôtel,
C'est Monsieur de la Griffardière.

Bientôt notre jeune Seigneur,
Entouré d'amis sûrs, ainsi qu'on peut
le croire,
Par son goût, ses talens, & ses airs de
grandeur,
Des Parvenus fameux doit égaler la
gloire.
Mais d'un grand mariage il convient
d'étayer
Votre Noblesse un peu moderne
Lui disait Dorival, aimable Aven-
turier.
Je sais la Comtesse de Lerne;
Elle possède un vrai trésor,

Un prodige à dix ans ! C'eſt ſa fille
Iſabelle ;
Et voilà votre fait ; mais quelque tems
encor
Il faudra ſe borner à ſoupirer pour
elle.
On deviendra grande au Marais ;
Dans ce beau quartier-ci, nous, pre-
nant patience,
Bercés d'une douce eſpérance,
De la noce, à loiſir, nous ferons les
apprêts.

SUR un ſi bel eſpoir, redoublant ſa
dépenſe
Et ſes profuſions, Griffard paie à
grands frais
Ses ridicules qu'on encenſe ;

Par vingt canaux divers, son orgueil, ses excès
Font écouler son or. Bientôt à l'opulence
Succède le mal-aise & les tristes regrets.

COMME ici-bas tout est fragile !
Que sont-ils devenus ces meubles somptueux,
Ces Châteaux, cet Hôtel & ces Valets nombreux ?
Équipages, chevaux, & la meute avec eux ?
Chez d'autres Maîtres tout défile.
Puis les braves amis, se suivant à la file,
Gaîment s'en vont chercher quelque fou plus heureux.

Loin que, dans la misère où ce revers
le plonge,
Griffard ſur Iſabelle osât porter les
yeux,
Il fallut, après ce beau ſonge,
Regagner le quartier de ſes humbles
aïeux.

L'ÉCONOMIE.

CONTE XXI.

ÉCONOMIE & Bienfaiſance,
Aimables Sœurs, gardez vos droits
Sur les Bergers & ſur les Rois :
L'une procure l'abondance,
L'autre la répand avec choix.

Vous le ſaviez, jeune Euphémie,
Tandis que, dédaignant la ſage Économie,

Votre mère écrasait, par son luxe
effréné,
Un Peuple de Vassaux dans sa perte
entraîné.
Elle n'est plus. A peine un an avec
trois lustres,
De la belle Euphémie, ont mûri la
raison;
Digne de ses Aieux illustres,
Elle doit relever l'éclat de sa Maison.

Dans ses infirmités compagne de son
père,
Elle adoucira ses malheurs :
De son frère au berceau, de ses deux
jeunes sœurs,
Elle va devenir la mère.
Divinités de tous les tems,

O vous qui charmez notre vie
Par vos grâces & vos talens,
Venez dans ses foyers contempler Euphémie.

DÉJA de sa fortune assemblant les débris,
Tout l'attirail du faste, & l'Hôtel à Paris,
Des pauvres Artisans ont payé les créances.
D'autres, satisfaits d'espérances,
De cette bonne-foi, recueilleront le prix.
Elle fuit ce séjour où la vertu modeste,
Plus d'une fois en butte à la séduction,
Quitta le bien qu'elle aime, &, dans le tourbillon,

Choisit le mal qu'elle déteste.
Euphémie est loin de ces lieux.
Sur les Domaines de ses pères,
Il était un Château, qui, dans les tems prospères,
Fut un séjour délicieux.
Aujourd'hui ses tristes ruines,
Et la misère des Vassaux,
En condamnant le Maître, attestent les rapines
De ses indignes Commençaux.
C'est-là que, sans regret à la pompe des Villes,
Euphémie à-présent partagera ses soins
A des parens chéris, à des travaux utiles,
Au malheureux dans ses besoins.

Déformais tout va prendre une nouvelle vie
Sous l'œil attentif d'un enfant.
Jouiffons à loifir du fpectacle touchant
Que va nous offrir Euphémie.

Je vois fous des murs démolis
Par la main de la négligence,
Ces toîts n'aguère enfevelis,
Dans leur état premier maintenant rétablis,
D'un Maître vigilant annoncer la préfence.
Les champs fertilifés, les jardins embellis,
Les bois mieux furveillés, préparer l'abondance.

Au dedans, fidèle & ſoigneux,
Un Domeſtique peu nombreux
Chez leur bonne Maîtreſſe entretenir l'aiſance,
Et ſeconder ſon zèle au ſoin des malheureux.
Conſtante dans ſa marche sûre,
Ainſi l'Économie, en des cœurs bienfaiſans,
Comme le Soleil du Printems,
Féconde toute la Nature.

Reste un point capital. Mondor, depuis long-tems,
Héritier de riches parens,
Sollicite le prix de l'ardeur la plus pure....
Mais quel eſt ce grouppe joyeux,

Chantant, bondissant sous ces
hêtres ?
Où vont ces Laboureurs, le plaisir
dans les yeux,
Au son des musettes champêtres ?
Ils viennent à l'heureux Mondor,
A l'Époux d'Euphémie, apporter leur
hommage;
Et cet Hyménée est encor
De celui de ses Sœurs & l'annonce
& le gage.
Puis, jugez si leur Frère, à l'éclat de
son nom,
Unissant, & richesse, & talens, &
courage,
Un jour aux champs de Mars aura
quelque renom !

L'INGRATITUDE.

CONTE XXII.

SUR l'animal le plus féroce,
On ſait le pouvoir des bienfaits
Hélas ! il eſt une âme atroce
Qu'ils encouragent aux forfaits.
C'eſt l'âme de l'Ingrat. Enfant de la baſſeſſe
Et de l'orgueil tout à la fois,
L'Ingratitude échappe au glaive de nos Lois (*).

(*) Les Peuples les plus ſages de l'antiquité, les Perſes, les Athéniens, les Lacé-

Gémissons; mais qu'au moins la haine
vengeresse,
De l'Univers trahi, rétablisse nos
droits.
Et vous, dont ce monstre perfide,
Souvent glace & ferme les cœurs,
Ah! ne résistez point au penchant qui
vous guide;
Et, même d'un ingrat, soyez les
Bienfaiteurs.

VOYEZ le bon Bernard, il protège
Valère:
Fils ingrat du plus tendre père,

---

démoniens, &c. recevaient dans leurs Tribunaux l'action contre les ingrats. Nous nous contentons de les détester.

On

On croit que ce Valère avait causé sa
mort ;
Et cependant Bernard se charge de son
sort.
Viens, lui dit-il; fuyons cette maudite
plage
Où je perds mon ami, toi, ton père
& tes biens.
Allons sur un autre rivage
Doubler, par ton travail, & partager
les miens.
Mon Navire est tout prêt ; la voile
déployée
Nous appelle au Mississipi :
Et ne plains pas ta peine, elle est bien
employée
Alors qu'on y trouve un ami.

Partons. Les voilà donc, Bernard & son Pupille,
Livrés au caprice des flots.
Pour un si bon Patron tout deviendra facile
A ses fidèles Matelots.
Bravant les Forbans & l'orage,
Déjà de deux combats il est sorti vainqueur;
Mais gravement blessé, voyez son Équipage,
Par les plus tendres soins, exprimer sa douleur.
Tout occupé d'une fortune
Que dévorent déjà ses avides regards,
Valère indifférent, dans l'alarme commune,

N'a pour ſon Bienfaiteur que quelques
froids égards.
Crains plutôt pour ſes jours, ingrat! un Dieu propice,
S'il permet quelquefois le vice,
Aux vertus garde auſſi leur prix;
Il doit rendre Bernard aux vœux de ſes amis.
Toi-même auras encore un père
Pour t'aimer, pour dompter tes coupables deſirs.
Cependant le Vaiſſeau vogue au gré des Zéphirs.
Soudain l'on entend crier *terre*,
Et chacun ſe livre aux plaiſirs.

QU'ELLE eſt touchante l'alégreſſe
De ces momens délicieux!

Sur le rivage tout s'empresse :
Et le cœur plus prompt que les yeux,
Dans les transports de son ivresse,
A franchi l'espace envieux
Qui lui dérobe encor l'objet de sa tendresse.
Enfans & vieillards prosternés,
Bénissent le moment qui finit leurs alarmes ;
Et ces rivages fortunés
Sont pressés de leurs bras, arrosés de leurs larmes.
Enfin, le bon Bernard a vu ces toîts chéris,
Dont le travail & l'industrie
De ses Nègres nombreux, devenus ses amis,

Ont ſu lui faire une Patrie.
Ce brave homme n'eſt point de ces
Maîtres cruels (*),
Qui, mépriſant les droits de l'Humanité ſainte,
Préfèrent aux ſoins paternels
Le triſte empire de la crainte.

(*) On apprend avec plaiſir que la conduite du bon Bernard eſt appuyée ſur une vérité de fait. Schilderop, un des Agens de la Compagnie Danoiſe, établie au Sénégal, il y a plus d'un ſiécle, jouiſſait parmi les Nègres d'une telle réputation de bonté & de probité, qu'ils venaient de cent lieues pour le voir. Un Souverain, d'une contrée éloignée, lui envoya ſa fille avec de l'or & des Eſclaves pour obtenir un petit-fils de Schilderop, ainſi révéré ſur toutes les côtes de la Nigritie.

Aussi, tout réussit au gré de ses souhaits.
Les Esclaves, pour lui, ne sont que des Sujets,
Qui, recueillant en paix tout le fruit de leurs peines,
D'un bon Roi, chaque jour, augmentent les Domaines.

Tel est le doux asyle où Valère accueilli
Par l'Épouse de son ami,
Et leur unique enfant, l'innocente Fanni,
Loin d'aimer en bon fils sa nouvelle famille,
Vient, de la défiance & des tristes soupçons,

Et ſur la mère & ſur la fille,
Et ſur les Nègres même, épandre les poiſons.
Tout s'aigrit. Mais bientôt l'œil du père & du Maître,
En rappelant la paix, eût démaſqué le traître.
Le voilà donc le prix de mes ſoins généreux,
Ingrat! lui dit Bernard. Vois-tu ſur la montagne
Ce grouppe d'Eſclaves heureux?
Ils ont fait d'un déſert une riche Campagne.
C'eſt-là que, loin de nous, maître de leurs travaux,
Tu peux, en ménageant leur peine & leur repos,

De tes ſoins amplement recueillir le
ſalaire.
Mais ils ſont mes enfans ; deviens auſſi
leur père.
Adieu. Ne croyez pas que ces ſages
avis,
Par l'imprudent jeune-homme auront
été ſuivis ;
Hélas ! non. Les ſuccès le rendant plus
avare,
Il double le travail. Cruellement
traités,
Indignés de leurs fers, ſes Nègres
révoltés,
Dans le ſang d'un Maître barbare,
Allaient venger des maux trop long-
tems ſupportés.
Bernard accourt, & ſa préſence

Fait tomber les poignards. Valère, cette fois
Vaincu par tant de bienfaisance,
Sur son cœur à la fin en reconnaît les droits.
Aux pieds d'un si bon père, effaçant dans les larmes,
De toutes ses erreurs, le triste souvenir.
Aimable Fanni! tous vos charmes
Seront peut-être un jour le prix du repentir.

L'AMBITION.

CONTE XXIII.

CAMÉLÉONS adroits, dangereux amphibies,
L'Amour-propre & l'Ambition,
Tantôt vertu ſublime ou folle paſſion,
Pour peu de bien qu'ils font, ſuggèrent cent folies.

Qu'un jeune-homme bouffi d'orgueil,
Contre un ſage Vieillard diſpute de prudence;

Que ſur le bord de ſon cercueil
Un vieil ambitieux s'enivre d'eſpérance,
A la bonne heure. Qu'un Bourgeois,
Hier le coq de ſon Village,
A la Ville aujourd'hui perdant ſon étalage,
Sans crédit, ſans argent, ſoit réduit aux abois.
Soit. Qu'aux honneurs du Louvre une vieille Marquiſe
Sacrifie & repos & fortune & ſanté;
Ou que, d'un grand Seigneur imprudemment épriſe,
La veuve d'un Traitant vende ſa liberté;

D'accord. Tous ces travers, & bien
d'autres encore,
Ne ſont que maux légers. Mais ſi
l'Ambition
Souffle le feu qui la dévore
Au cœur d'un Chef de Nation.
Alors, comme la peſte, étendant ſes
ravages,
Sans pitié, ſans frein, ſans remords,
Au milieu des dégâts, des meurtres,
des pillages,
Elle va dominer ſur des monceaux de
morts.
Que Dieu garde à jamais de cette
frénéſie,
Et notre Maître & ſon Voiſin.

En paix ſur nos foyers, contons la
fantaiſie
Qui tourmenta jadis un Prince Le-
vantin.

Ce Prince du pays des Mages,
Maître de beaux États, voulut les
aggrandir.
On peut, aux bords du Gange, avoir
un tel deſir;
Mais dans notre Occident, nous ſom-
mes bien plus ſages.
Zingir était ſon nom. Pour avoir du
terrain,
A quelqu'un il falloit le prendre.
Suivant ſon Conſeil Souverain,
C'eſt ſon voiſin Ali qui devait le lui
rendre.

Là-dessus nos Ambassadeurs
Sans doute eussent fait des miracles ;
Et dans un beau Congrès, sans morgue, sans lenteurs,
Auraient, sans coup férir, levé tous les obstacles.
Il en fut autrement. Les Frontières d'Ali,
Déjà désertes, ravagées,
Au lieu d'un Peuple réuni
Sous le pouvoir d'un Roi moins Souverain qu'ami,
N'offrent à son fier ennemi
Que des peuplades égorgées.

TOUT va bien, mon brave Zingir !

Je vois, au gré de ton desir,
Tes bataillons nombreux, comme un fleuve rapide,
Entraîner, engloutir sous un Chef intrépide,
Et les moissons, & les Hameaux,
Et les Bergers & les troupeaux ;
Écraser sous ses toîts la Bergère timide ;
Changer, dans l'ardeur qui les guide,
De superbes Cités en de vastes tombeaux.
Cela suffit-il à ta gloire ?
Non, sans doute ; il te faut encore une victoire.
Eh bien ! prépare des lauriers.
Regarde autour d'Ali, dans cette plaine immense,

Ses fidèles Sujets, tous devenus Guerriers.
Le ſignal eſt donné; la victoire balance.
Enflé de ſes premiers ſuccès,
Zingir, comme un lion s'élance;
Mais bientôt renverſé, percé de mille traits;
Il meurt : & ſes Soldats, objets de la clémence
Du généreux Ali, vont recevoir la paix.

Et les voilà donc vos proueſſes,
Illuſtres Conquérans ! Maudits ſoient les pervers
De qui les louanges traîtreſſes
Ont, par vos attentats, déſolé l'Univers.

LES FEMMES GAULOISES.

CONTE XXIV.

Ils ne radotent point ces Vieillards
mécontens
Qui regrettent le bon vieux tems.
Ce n'eſt pas qu'aujourd'hui de douces
jouiſſances,
Dans nos riants jardins, ſous nos
riches lambris,
A nos jeux ſi vantés, ne ſoient les
heureux fruits

Des Arts & du talent guidés par les
Sciences.
Mais nos bons & ſimples Ayeux,
Hélas ! ſans tout cet étalage,
Avec des mœurs & du courage,
A moins de frais étoient heureux.
Plus habile que moi, pourtant en cette affaire,
Peut à ſon aiſe prononcer.
Seulement ſur un point qu'il daigne me laiſſer
Le paſſe-tems de ma chimère ;
Et la voici : Jadis dans le pays Chartrain (1),
Sous les voûtes d'un Temple antique,
D'une architecture ruſtique,

Siégeait un Tribunal, Tribunal Souverain.
Là, commerce, finance, intérêt politique,
Guerre étrangère & domestique,
On décidait de tout comme au Sénat Romain.
Quant à nos Sénateurs, c'était toute autre chose;
Bien hâlés, bien ridés, longue barbe au menton;
Tels étoient, ou Camille, ou Brutus, ou Caton;
Et nos Catons avaient des teints couleur de rose (2).
Eh oui! Mesdames, sous vos lois,

Sujets fidèles autrefois,
Nos Ayeux profpéraient, pillaient le Capitole (3).
Endurcis aux travaux, dédaignant le danger (4),
Et toujours prêts à vaincre ainfi qu'á protéger,
A l'égal de leurs Dieux refpectaient leur parole.
Il ne faut pourtant pas que quelque jeune folle
Aille en conclure à déloger
Nos fages Magiftrats, & veuille nous juger.
Les tems font différens. Quand par fes Ordonnances
Un Sanhédrin bufqué régiffait mon pays,

Ses Membres respectés prenaient-ils leurs licences
Dans de charmans boudoirs dignes de nos Laïs ?
Hélas ! non ; & je sais mille autres différences ;
Mais ces jolis détails, je me les interdis.

CONTONS plutôt, contons le jugement si sage
Que Batilde porta, présidant un Conseil.
Salomon, vanté d'âge en âge,
N'eût pas fait mieux en cas pareil.
Batilde, jeune & belle, au sein de son ménage,

En chériſſant les ſoins, fidelle à ſon
Époux,
Tendre pour ſes enfans, bonne & juſte
pour tous,
D'un digne Magiſtrat faiſait l'appren-
tiſſage.
Depuis long-tems le Vergobret (5)
Embarraſſé dans cette affaire,
Ne pouvait rendre aucun Arrêt
Pour reconnoître un fils qui réclamoit
ſa mère.
Cette marâtre obſtinément
Méconnaiſſait ſon fils. En pareille oc-
currence,
Plaideurs duement ouis, tout peſé mû-
rement,
Du Conſeil féminin telle fut la Sen-
tence :

Femme, l'on te condamne, en ce jour, d'épouſer
Celui que pour ton fils tu viens de refuſer.
A ces mots foudroyans, la mère confondue,
Avoua ſon menſonge (6), & reconnut ſon fils.
Eh bien! Meſſieurs, de Pairs ſuffiſamment pourvue,
La Cour pourrait-elle être enfin d'un autre avis?
Siècle trop heureux où Thémis,
Aux mains de la beauté remettant ſa balance,
Au lieu des froids calculs d'une auſtère prudence,
Employait d'un bon cœur le ſentiment exquis! (7).

Auſſi, bravant les tems; & voici ma
chimère :
Je me reporte quelquefois
Près de Chartres au fond des
bois ;
Et là, pour quelque belle affaire
Que m'aura ſuſcitée un ſot Carthaginois (8),
Mandé, je comparais au Tribunal
Gaulois.
La conſcience bien paiſible,
Je jouis du tableau. Sur cent jolis minois
Où ſe peint une âme ſenſible,
Je promène mes yeux. Un appareil
terrible.
Ne trouble point mes ſens. Un Juge à
douce voix,

Diſcutant

Discutant mes raisons, & me plaignant peut-être,
Dans le fond de son cœur, balance mes destins ;
Opine de rechef à me voir comparaître.
Vraiment ! un *hors de Cour* est tout ce que je crains.

NOTES.

(1) *Jadis dans le pays Chartrain, &c.*

Les Assemblées Générales de la République des Gaules, se tenaient ordinairement dans le principal Collège des Druides, au milieu d'une forêt du pays Chartrain. (*Essais hist. sur Paris.*)

(2) *Nos Catons avaient des teints couleur de rose, &c.*

L'Administration des affaires civiles & politiques, avait été confiée, pendant assez long-tems, à un Sénat de femmes choisies par les différens Cantons. Elles délibéraient de la paix & de la guerre. (*Ibidem.*)

(3) *Pillaient le Capitole.*

On remarque que les Gaulois, sous le Gouvernement des femmes, avaient pris Rome, & firent toujours trembler l'Italie.

Que ſous celui des Druides, ils furent ſubjugés par les Romains; & que César dut ſes conquêtes aux jalouſies & aux diviſions qu'un Druide, le perfide *Divitiac*, ſemait ſans ceſſe entre les Villes principales. (*Ibid.*)

(4) *Dédaignant le danger, &c.*

César dit : on voit les Gaulois, frappés d'un coup mortel, vouloir encore s'élancer contre l'ennemi, tomber, rire & mourir.

(5) *Depuis long-tems le Vergobret, &c.*

Le Conſeil des Femmes Gauloiſes jugeait les différens qui ſurvenaient entre les Vergobrets, Souverains Magiſtrats dans chaque Ville ou chaque Canton.

(6) *Avoua ſon menſonge.*

« La plus mauvaiſe de toutes les politi-
» ques, eſt de mentir, dit un célèbre Au-
» teur ».

A l'expérience de tous les tems, on peut ajouter un fait aſſez piquant, conſigné dans le Mercure de France, du 9 Août 1783.

« Dans une petite Ville de Saxe, il parut, il y a quelque tems, un jeune-homme d'une très-jolie figure. Parmi les personnes du sexe dont il fixa l'attention, on distingua la fille d'un bon Bourgeois, dont le cœur étoit connu pour être extrêmement sensible. Le jeune-homme accueillit avec froideur les sentimens de Catherine, c'est le nom de la fille. Celle-ci piquée de cet accueil, résolut de le dénoncer comme séducteur, & effectua la menace qu'elle en fit au jeune-homme même, en déclarant aux Magistrats qu'elle étoit enceinte de lui. Aussi-tôt on arrête le coupable ; son procès est fait. Il se défend avec beaucoup de sang-froid, & n'en est pas moins condamné à épouser Catherine, comme elle le desirait, ou à avoir la tête tranchée aux termes de la loi. L'accusé, nommé Joseph Praw, persiste dans son refus d'épouser jusqu'à la veille du jour destiné pour son exécution. Alors il demande à voir ſes Juges, Catherine, ſes parens & ſes témoins. Dès qu'ils furent tous aſſemblés, il déclara qu'il lui était impoſſible de choiſir ni Catherine ni l'échafaud, attendu que ſon ſexe ne lui ayant pas permis d'être coupable du crime dont on l'accuſait, il ne croyait pas devoir en ſubir la peine; & il ſe fit reconnaître pour une fille.

Catherine ne pouvant réſiſter à un revers ſi inattendu, fit une fauſſe couche dont elle mourut; & J. Praw retourna dans ſa Patrie ſous les habits de fille, après avoir reçu de toute la Ville les marques du plus vif intérêt ».

Un fait remarquable, c'eſt que les Portugais, dans la conquête du Mexique, commençant, en 1509, leur expédition par la République de *Tlaſcala*, y trouvèrent une loi qui prononçait peine de mort contre les menteurs.

En 1603, les Colons de la nouvelle Angleterre, firent un Réglement qui condamnait à être fouettés plubliquement ceux qui seraient surpris en mensonge.

En 1782, un Juif de Vienne en Autriche, reçut cinquante coups de bâton, attaché au carcan pendant trois jours, avec un écriteau portant ces mots : *Menteur* & *Calomniateur*.

Le duel, en cas de démenti, est sans doute un simulacre de la loi des Tlascaltèques; mais ce moyen vicieux, proscrit par nos loix, & très-insuffisant en effet, même pour le petit nombre qui en use de son autorité privée, laisse le reste de la Société en proie à l'audace du Menteur, qui, n'ayant rien à craindre de l'autorité publique, brave l'opinion des hommes comme le cri de sa conscience; & par une marche naturelle, devient Imposteur, Calomniateur, &c. selon ses intérêts ou les circonstances.

(7) *Employait d'un bon cœur le ſentiment exquis, &c.*

Un Monument bien digne de Marc-Aurèle, eſt le Temple à la *Bonté*, qu'il imagina le premier de faire élever dans Rome.

(8) *Que m'aura ſuſcitée un ſot Carthaginois, &c.*

Selon Plutarque, un des articles du Traité d'Annibal, avec les Gaulois, portait : « Si » quelque Gaulois a ſujet de ſe plaindre » d'un Carthaginois, il ſe pourvoira devant » le Sénat de Carthage établi en Eſpagne. » Si quelque Carthaginois ſe trouve léſé » par un Gaulois, l'affaire ſera jugée par le » Conſeil Suprême des Femmes Gauloiſes. »

C'eſt bien ici l'occaſion de placer quelques Anecdotes à l'honneur d'un ſexe, qui, dans notre Nation ſur-tout, influera toujours puiſſamment ſur les mœurs publiques. Ces monumens hiſtoriques, en ſe rapprochant de notre ſiècle, pourront ſervir d'objets de comparaiſon, & retracer à cette portion précieuſe du genre-humain, la nature de ſes devoirs & de ſes engagemens pour le bonheur commun : bien entendu que l'exemple des Guébriant, des Belleville, &c. ne les ſéduira pas au point de dédaigner l'obſcurité des fonctions ſi reſpectables de mère de famille, de maîtreſſe de maiſon, théâtre toujours préſent de leur véritable gloire. L'héroïſme le plus éclatant, même dans notre ſexe, eſt rarement le plus utile.

Sous Philippe de Valois, en 1344, 1345, 1346, Jeanne de Belleville, veuve du Sire de Cliſſon, décapité pour ſoupçons d'intelligence avec l'Angleterre, commença par éloigner ſon fils, qui n'avait que douze ans, vendit ſes pierreries, arma trois Vaiſſeaux, & courut la mer, vengeant la mort de ſon mari ſur tous les François qu'elle rencontroit.

Ce nouveau Corsaire fit des descentes en Normandie, y força des Châteaux; & les Habitans de cette Province virent plus d'une fois, dans leurs Villages embrâsés, une des plus belles femmes de l'Europe, tenant l'épée d'une main & le flambeau de l'autre, presser le carnage. A cette époque, la Reine d'Angleterre elle-même se mit à la tête d'un corps de Troupes, & battit le Roi d'Ecosse, notre Allié. Alors encore on vit plus d'une fois la Comtesse de Montfort se présenter sur la brèche, ranimer ses Soldats, repousser les Assiégeans, & leur faire trouver la mort dans ces fossés qu'ils venaient de franchir.

En 1645, la Princesse Marie de Gonzague, qui, le 6 Novembre, avait épousé à Paris, dans la Chapelle du Palais Royal, Ladislas IV, Roi de Pologne, y fut conduite par la Maréchale de Guébriant, nommée Ambassadeur en Pologne, où elle reçut de Ladislas les honneurs réservés aux Têtes couronnées.

En 1759, Louisbourg fut attaqué par l'Amiral Boſcawen, & le Général Amherſt, Commandant les Troupes de terre. M. de Drucourt, Capitaine de Vaiſſeau, en était Gouverneur, & fit une belle défenſe. Madame de Drucourt le ſecondait par ſon courage. Continuellement ſur les remparts, la bourſe à la main, tirant elle-même trois coups de canon par jour, elle ſemblait diſputer à ſon mari la gloire de ſes fonctions.

La Ducheſſe de Ventadour, Gouvernante de Louis XV, digne par ſes ſentimens, & ſes talens de cette place importante, reçut un honneur dont aucune femme n'avait joui avant elle. Au premier Lit-de-Juſtice que tint Louis XV, elle repréſenta la Reine-Mère, & Régente alors. La ſeule différence fut qu'elle ne prit point place ſur le Trône; mais elle parla en ſon nom, aſſiſe aux pieds du jeune Monarque. « Meſſieurs, dit-elle » avec la dignité qu'inſpirait cet acte auguſte

» à une Princesse de l'illustre Maison de
» Rohan, belle, & n'ayant que quarante
» ans : Messieurs, le Roi vous a assemblés
» pour vous faire connaître ses volontés,
» son Chancelier va vous les expliquer ».

En 1782, la Princesse de Daschkow a été nommée Directrice de l'Académie érigée à Saint-Pétersbourg par l'illustre Catherine.

LES ÉCUEILS DE LA BEAUTÉ.

CONTE XXV.

Encore un Conte! Eh! pourquoi pas?
A ces jeux innocens, on gagne un peu de gloire;
On prête à la vertu quelques nouveaux appas;
Le vice, on le flétrit; cela vaut bien l'Histoire (1).

HÉLAS ! vous le ſavez, l'Hiſtoire trop ſouvent
Dans les beaux faits qu'elle raconte,
Au lieu d'un grave événement
Ne nous a préſenté qu'un Conte.
Puis ces Contes dont tout le jour
Chacun impunément berce à ſa fantaiſie
Ma confiante bonhommie,
Méritent bien quelque retour.

JE veux donc aujourd'hui vous conter l'aventure
D'une jeune & fière Beauté.
Ses appas & ſa vanité
Causèrent les maux qu'elle endure.

Et c'eſt dommage, en vérité;
Car jamais, que je crois, plus charmante figure,
Ni corſage plus noble en ſa légèreté,
N'auront embelli la nature.
Mais on l'avait tant dit à la pauvre Eucharis;
Et par malheur encore Eucharis elle-même,
Si gauchement l'avait compris,
Qu'être belle & bienfaite, était, à ſon avis,
La gloire & le bonheur ſuprême (2).
Bon caractère, eſprit, talens,
Notre belle n'en tenait compte.
C'eſt avec d'autres agrémens

Qu'on ſubjuguait Monſieur le
Comte.
Or, cet aimable Comte était le beau
d'Erval,
Beau comme Eucharis était belle;
Sans jugement, ſans mœurs; & d'un
amour égal
Elle en était épriſe; il était épris d'elle.
Fille d'un honnête Bourgeois,
Elle eût pu de ſa ſœur imiter la ſageſſe.
Liſe, ſans être belle, avait fait un bon
choix;
Mais Liſe n'était pas Comteſſe.
Eucharis en eut le plaiſir.
Dans l'éclat des grands airs payés par
l'opulence,
Les fêtes, les cadeaux, les Spectacles,
la danſe,

Et les ſoupers divins, on n'avait qu'à
choiſir.
Trois mois entiers durant, pour ſa
belle Statue,
Le Comte parut tranſporté.
Bientôt ſur ſon Autel, chaque jour
moins fêté,
On voit l'encens qui diminue;
Et puis aux froids égards de la ſatiété
Succèdent les dédains. De ſa gloire
déchue,
Triſte objet des mépris d'un Époux
emporté,
A préſent, Eucharis, odieuſe à ſa vue,
Dans l'ombre d'un Couvent cherche
ſa sûreté.

NOTES.

(1) *Cela vaut bien l'Histoire.*

Jamais, dit Plutarque, ni le charme des vers, ni la majesté du style, ni le choix des figures, ni le mérite de l'ensemble & du plan, ne rendront la vérité aussi piquante qu'une Fable bien faite. « En Poésie, la fiction, » lorsqu'il s'y mêle un air de vérité, frappe » plus & plaît davantage que les vers les » mieux travaillés où il n'entre point de » fiction, &c. »

Long-tems après Plutarque, voici comme s'est exprimé un de nos plus beaux Génies: Les belles Fables de l'Antiquité ont cet avantage sur l'Histoire, qu'elles présentent une morale sensible. Ce sont des leçons de vertu; & presque toute l'Histoire est le succès des crimes. Jupiter, dans la Fable, descend sur la terre pour punir Tantale & Lycaon; mais dans l'Histoire, nos Tantales & nos Lycaons sont les Dieux de la Terre. Baucis & Philémon obtiennent que leur cabane soit changée en un Temple. Nos Baucis & nos Philémon voient vendre, par les Collecteurs des Tailles, leurs marmites, que les Dieux changent en or dans Ovide.

Pour qui ne regarde qu'aux événemens, l'Histoire semble accuser la Providence, & les belles Fables morales la justifient.

Tous les Arts sont amis ainsi qu'ils sont divins;
Qui veut les séparer est loin de les connaître :
L'Histoire nous apprend ce que sont les Humains,
La Fable ce qu'ils doivent être.

D'ailleurs, pourrait-on ajouter, il n'est point de moyens qu'on ne doive employer, quand il y va du bonheur des hommes. « Comme ils ne se lassent point du vice, » dit la Bruyère, il ne faut pas aussi se lasser

» de le leur reprocher; ils seraient peut-» être pires s'ils venaient à manquer de » Censeurs ou de Critiques. »

(2) *Qu'être belle & bien faite était à son avis,*
La gloire & le bonheur suprême.

Les Espagnols disent que la beauté est comme les odeurs. L'effet en est de peu de durée : on s'y accoutume, on ne les sent plus.

LE PATRIOTISME.

CONTE XXVI.

DOMINIQUE DE VIC, Gouverneur d'Amiens & de Calais, Vice-Amiral de France, eut, en 1586, le gras de la jambe emporté d'un coup de fauconneau. Ne pouvant plus, sans les douleurs les plus vives, monter à cheval, quoique sa blessure fût bien guérie, il s'était retiré dans ses Terres de Guyenne. Il y vivoit depuis trois ans, lorsqu'il apprit la mort de Henri III, les embarras où se trouvait Henri IV, & le besoin qu'il avait de tous ses bons Serviteurs. De Vic se fait couper la jambe, vend une partie de son bien; va trouver ce Prince, lui rend des services signalés à la bataille d'Ivry, & dans plusieurs autres occasions. Deux jours après l'assassinat de ce bon Roi, de Vic, passant dans la rue de la Ferronnerie, & regardant l'endroit où cet horrible attentat avait été commis, fut si saisi de douleur, qu'il tomba presque mort, & mourut le lendemain. (*Essais hist. sur Paris*, *Tom.* 5, *pag.* 140).

COMME à la Muse de l'Histoire,
Qui du Vainqueur de Lens célèbre les
hauts faits,
Que ne m'est-il permis d'arracher des
feuillets! (1).
Je ne voudrais inscrire au Temple de
Mémoire
Que des vertus & des bienfaits.

HÉLAS! qui me dira que tant d'heureux
forfaits,
Trop souvent consignés dans de tristes
Annales,
N'ont pu, d'après Sylla, former un
des Adrets (2);
Et des Caligula rappelant les excès,
N'ont pas encouragé des trames infer-
nales?
Dévouant à l'oubli de si honteux
succès,
Choisissons un modèle aux fastes de la
gloire;
Et de ce demi-Dieu Français,
Du généreux de Vic consacrons la
mémoire.
Ici l'auguste vérité,
Qui, pour ménager notre vue,

Se montre quelquefois ſous un voile
emprunté,
Ne rougira point d'être nue.

Notre Héros vivait dans ces tems
déſaſtreux,
Où la France livrée aux fureurs de la
Ligue,
Par le fanatiſme & l'intrigue,
Préparait des regrets à nos derniers
neveux.
Bleſſé dans ces combats où le fils & le
père,
L'un ſur l'autre acharnés enſanglan-
taient la terre.
De Vic, au ſouvenir de ces ſcènes
d'horreurs,
Unit le ſentiment de ſes propres dou-
leurs,

Elles enchaînent ſon courage.
En vain ſon courſier belliqueux
S'indigne du repos. Le Guerrier malheureux
Ne peut plus le guider dans les champs du carnage.

CEPENDANT Valois (3) meurt, & les plaines d'Ivry
Attendent le brave Henri (4).
Français ! le meilleur de vos Princes,
Par de nouveaux ſuccès, doit ſauver nos Provinces.
Mais pour un ſi bon Roi redoublez vos efforts.
D'un grand cœur les dangers augmentent l'énergie.

Par

Par un trait d'héroïſme inoui juſqu'alors,
Plus grand que Scévola, de Vic, à ſa Patrie,
Va s'immoler. Déjà, ſous le tranchant acier (5),
Son ſang coule à longs flots; mais on ſauve la vie
De cet intrépide Guerrier.
Il vient l'offrir encore, ainſi que ſes richeſſes,
Au Vainqueur de la Ligue. Hélas! ce Roi chéri,
Si digne d'un pareil ami,
Dans peu và ſuccomber aux haines vengereſſes.
Monſtre que l'Enfer a vomi (6),

Couteau ſanglant, momens funèbres,
Pour n'en jamais ſortir, rentrez dans les ténèbres !
De Vic a vu le lieu teint du ſang de ſon Roi :
A cet aſpect, frappé de douleur & d'effroi,
Il tombe ; il expire lui-même.
Monarques des Français, voilà comme on vous aime ! (7).

NOTES.

(1) *Que ne m'eſt-il permis d'arracher des feuillets, &c.*

Dans un célèbre Tableau de la Galerie de Chantilly, la Muſe de l'Hiſtoire déchire l'endroit des Mémoires du Grand Condé, où ce Prince ſert l'Eſpagne contre la France.

(2) *N'ont pu d'après Sylla former un des Adrets.*

François de Beaumont, Baron des Adrets, Gentilhomme du Dauphiné, connu par ſa cruauté & l'atrocité des ſupplices qu'il inventait pour les Priſonniers Catholiques qu'il faiſait pendant la guerre de la Ligue.

(3) *Cependant Valois meurt.*

Henri III.

(4) *Attendent le brave Henri.*

Henri IV.

(5) *Déjà sous le tranchant acier, &c.*

La délicatesse de notre Langue proscrit le mot *jambe* dans le style noble qui était indiqué pour ce Conte. On n'a donc pû employer ici le terme propre à exprimer le sacrifice de de Vic, qui, en se faisant couper la *jambe*, pouvait mourir de cette opération.

(6) *Monstre que l'Enfer a vomi.*

Ravaillac.

(7) *Monarques des Français, voilà comme on vous aime !*

Sans prendre dans l'Antiquité des exemples tels que celui de l'Athénien Isocrate, qui se laissa mourir de faim, dans le chagrin que la perte de la bataille de Chérouée donna à ce Citoyen sensible :

Jean le Sénéchal Carcado, Gentilhomme de la Chambre, voyant, à la bataille de Pavie, un Arquebusier qui allait tirer sur

François I, ſe précipita au-devant du coup, & fut tué. (*Eſſais hiſt. ſur Paris*, *Tom. I*, *pag.* 117).

Au ſiège de la Rochelle, en 1573, de Vins, Grand-Écuyer du Duc d'Anjou, depuis Henri III, ſe jeta au devant d'un coup d'arquebuſe qu'un Soldat viſait à ce Prince, & reçut la balle au travers du corps. Il en guérit. (*Ibidem*, *Tom. V*, *pag.* 111).

L'Écuſſon & la Livrée de la Maiſon d'Eſtaing, atteſtent le courageux dévouement de Dieudonné d'Eſtaing, qui ſauva Philippe-Auguſte, à la bataille de Bouvines.

Celui du Chevalier d'Aſſas, pendant la guerre de 1757, prouve que le caractère de la Nation reſte le même dans tous les âges. On en trouverait des preuves ſans nombre dans nos Annales.

Le 24 Avril 1741, le Marquis de Boulainvilliers, montant le Bourbon, de 74, prêt à couler bas par une voie d'eau, reſta courageusement à son bord, ne songeant qu'à sauver dans la chaloupe quelques Sujets à la Patrie. De ce nombre fut son fils avec douze Officiers & douze Mariniers, qui eurent la douleur de voir, au bout d'une demie heure, ce père tendre, ce Citoyen généreux, & leurs Camarades, engloutis dans les eaux avec le Bourbon.

Mes larmes coulent chaque fois que je me rappelle les mots sublimes de M. de Maureville, Capitaine de l'Aquilon. Dès la première volée d'un combat opiniâtre contre un Vaisseau Anglais, en 1752, il eut un bras emporté; & après s'être fait panser, il voulait monter sur le gaillard. Il ne le put; mais il criait : *Courage, grand feu; je défends d'amener.* Voilà les derniers soupirs d'un Guerrier Français.

Un trait plus frappant encore, parce qu'il regarde particulièrement la classe des Citoyens dont les belles actions sont souvent éclipsées par des vertus plus brillantes ou plus prônées ; c'est la sobriété des Soldats Français au Siége du Fort Saint Philippe, en 1756, dès que le Maréchal de Richelieu eut proclamé une Ordonnance, défendant de laisser monter à la tranchée quiconque serait trouvé dans l'ivresse. Rien jusqu'alors n'avait pu en corriger les Soldats.

C'est bien ici la place d'une Lettre écrite au Marquis de la Fayette par M. le Duc d'Enghien.

LETTRE *écrite en Février* 1782, *à M. le Marquis* DE LA FAYETTE, *par M. le Duc* D'ENGHIEN, *âgé de neuf ans & demi, & à laquelle M.* MILLOT, *son Instituteur, assure n'avoir aucune part.*

MONSIEUR,

TOUT bon Français vous doit hommage. En cette qualité, veuillez agréer le mien. J'ai tant entendu vanter vos hauts faits, belles actions & prudence, que mon seul desir serait de marcher un jour sur vos traces, & d'être à votre âge aussi renommé que vous. Votre gloire & vos actions me rappellent le bon & brave Chevalier Bayard; vos talens Militaires, mon Ancêtre le Grand Condé; votre prudence & vos talens, le grand Turenne. Vous avez sa modestie & sa simplicité; vous aurez bientôt son rang & sa réputation. Allez, Monsieur, allez achever le grand ouvrage que vous avez commencé sous les plus heureux auspices. Les Fastes de la République nouvelle, qui vous devra son indépendance, en partie, ne rapporteront vos services qu'écrits en lettres d'or; & quelque jour vous serez à la tête des Armées Françaises. Peut-être aurai-je le bonheur de faire mes premières armes sous vos ordres.

Terminons cette Note par trois traits singuliers de Patriotisme.

Marc Lebarbey, Médecin de Bayeux, ſous Henri IV, ſauva ſa Patrie de la peſte par ſon habileté. Il refuſa ſes ſoins à l'Armée des Ligueurs, attaquée du même fléau. On vendit ſes meubles, on pilla ſa maiſon; rien ne put le porter à ſecourir les Ennemis de ſon Roi. Il aima mieux quitter la Ville; & cette retraite fit périr plus de Ligueurs qu'une bataille. Henri IV l'annoblit, & le fit ſon Médecin. (*Diction. hiſt.*)

Éméric Gobier de Barrault, Ambaſſadeur de Henri IV, en Eſpagne, y aſſiſtait à un Spectacle où l'on repréſentait la Bataille de Pavie. Barrault voyant, dans cette Piéce, un Acteur Eſpagnol terraſſer celui qui repréſentait François I, lui mettre le pied ſur la gorge, & l'obliger à lui demander quartier dans des termes outrageans, s'élança ſur le Théâtre, & en préſence des Spectateurs, paſſa ſon épée au travers du corps de cet Acteur. (*Notes d'Amelot ſur d'Oſſat*).

En 1685, des Flibustiers, sous la conduite de Grammont, Gentilhomme Parisien, prirent & pillèrent la Ville de Campêche. Pour célébrer la Fête de leur Roi, le jour de la S. Louis, dans les transports du Patriotisme, de l'ivresse, de l'amour national pour le Prince, ils brûlèrent pour un million de bois de Campêche, qui faisait une riche portion de leur butin.

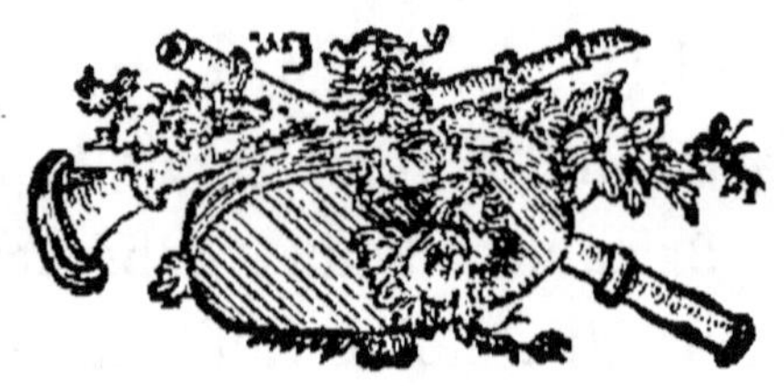

J'EUS TORT (1).

CONTE XXVII.

INCAPABLE d'un noble effort,
Quiconque, en ſon orgueil, n'a jamais dit : *J'eus tort*,
A coup sûr eſt un ſot, ſi ce n'eſt pis encore.
Dieu garde vous & moi, fort ſujets à faillir,
Mais sûrs qu'un tel aveu, loin qu'il nous déshonnore,
Mène au bien par le repentir,
Avec pareilles gens d'avoir maille à partir !

Hélas ! il t'en coûte la vie,
Objet infortuné de nos justes regrets,
Jeune & charmante Pulchérie.
Pour toi, malgré nos vœux, ombre à jamais chérie,
Les roses du Printems se changent en cyprès.

Sur le rivage où la Moselle,
Au Rhin majestueux, verse en tribut ses eaux,
Allemands & Français, avec le même zèle,
Buvant, dansant au son des rustiques pipeaux,
Fêtaient la naissance nouvelle
Du noble rejeton qu'Antoinette & Louis

Ajoutent au bonheur de l'empire des Lys;
Témoin de cette joie, aimable PULCHÉRIE,
Tu voyais les transports de trois couples d'Époux,
Unis par tes bienfaits, mêler le nom si doux
De Bienfaiteur, aux noms des Chefs de la Patrie.
Tout-à-coup on se trouble, on s'agite, on s'écrie :
Elle se meurt! ô Dieux! eh, vîte du secours.

Dieux! ô Dieux! conservez les jours
De notre adorable Maîtresse!
On fond en larmes; on s'empresse;

Le Docteur du Canton accourt; il
fend la presse.
Eh bien, dit-il, Madame; eh
bien!
L'œil est vif, le pouls bon; quelque peu
de faiblesse;
Du spasme cependant! Au reste, ce
n'est rien.
Tout ceci vous aura peut-être un peu
troublée.
Mais, au moyen de la saignée....
Quoi, lui dit à l'oreille un honnête
Français,
Saigner Madame! Eh, oui, sans doute.
Je connais
Quel est, en ces cas, notre usage.
Me prend-on pour un sot? Oui,
saigner, & d'abord.

Le traître, en rougiſſant, ſentit qu'il
avait tort.
Hélas! d'en convenir, il n'eut pas le
courage.
Déjà le ſang coulait, & dès le même
jour,
Le digne objet de notre amour,
Périt à la fleur de ſon âge.

NOTES.

En 1758, au Combat naval appelé Bataille de M. de Conflans, M. de K***, bon Officier d'ailleurs, Commandant le *Théſée*, de 74 canons, fait revirer de bord, & oublie d'ordonner de fermer les ſabords de ſa première batterie. On l'en avertit à tems; il rougit qu'un Pilote lui remontre ſon devoir; il s'obſtine à les laiſſer ouverts. Le Vaiſſeau s'engage, & il eſt englouti avec 800 hommes de ſon Équipage.

En 1722, l'arrivée des Agens de la Compagnie des Indes, à Saint-Domingue, y excita une ſédition. Le Duc d'Orléans, Régent, donna alors un grand exemple, en s'avouant lui-même coupuble d'une rébellion qu'il avait occaſionnée par une inſtitution vicieuſe. Cette rébellion eût été ſévèrement punie ſous un Adminiſtrateur moins éclairé.

On connaît la modération & le désaveu sublime de Fénélon, dans ses démêlés avec Bossuet.

Un exemple récent de la même vertu, commune aux grandes âmes, c'est ce qu'écrivit Frédéric II, Roi de Prusse, obligé de lever le Siége de Prague, & d'évacuer la Bohême, en 1756. Il avoue sa témérité, & dit : « Je n'ai point sujet de me plaindre » de la valeur de mes Troupes ou de l'ex» périence de mes Officiers; j'ai fait la » faute tout seul, & j'espère la réparer ».

La vie de Henri-le-Grand offre un pareil trait dans son procédé, le jour de la Bataille d'Ivry, envers le Colonel Théodoric Schomberg, que ce Prince avait maltraité de paroles la veille.

L'EGOISME.

CONTE XXVIII.

De subtils raiſonneurs diſent que l'Égoiſme
N'a, ſelon Dieu, ſelon la Loi,
Rien de coupable; enfin, que c'eſt l'amour de ſoi.
Aime le prochain comme toi,
Eſt la leçon du Catéchiſme.

Braves Chrétiens, entendons-nous.

Je ne me pique pas, moi, d'être rigoriste ;
Mais je conçois par Égoiste,
Un homme personnel, exclusif & jaloux,
Jaloux du bien d'autrui qu'il ne hait ou qu'il n'aime
Que pour lui-même.
Si c'est-là votre Saint, hier je l'ai trouvé ;
Mais je ne pense pas qu'on croie à ses miracles,
Pour le Canoniser si l'on m'a réservé.

Je suis un pauvre Clerc, amoureux des Spectacles ;
C'est mon unique amusement,
Au plus une fois la semaine.

Quand j'ai bien griffonné, bien jeûné,
bien pris peine
Pour un chetif émolument ;
Le ſoir avec *Zerbine*, *Armide*, ou bien
Zaïre (*),
Je prends quelque délaſſement.
Hier, tenté de *Télaïre* (**),
Je me rends à la grille avant le Rece-
veur.
Oh, palſanbleu ! me dit un Garde,
Le premier billet vous regarde,
Ou bien vous aurez du malheur.
Cependant on arrive, on ſe heurte,
on ſe preſſe :

(*) Perſonnages à la Comédie Françaiſe, à l'Opéra & à la Comédie Italienne.

(**) Perſonnage de *Caſtor* & *Pollux*, Opéra.

Un homme de six pieds survient, il
fend la presse;
Et bien-tôt le colosse établi près de
moi,
Me couvre tout entier de son énorme
masse.
Du premier occupant, il envahit la
place,
Contre le droit des gens & l'esprit de
la loi.
Je n'obtiens qu'après lui mon billet à
grand peine.
Échappé de la foule enfin, tout hors
d'haleine,
Je me refais un peu, puis vais joindre
Castor.
Eh bien! pour mon malheur, le Go-
liath encor

Se trouve devant moi. Pour obtenir l'échange,
J'ai beau folliciter. — Monfieur, je ne vois rien;
Vous pourriez.... — Que chacun s'arrange,
Mon petit Monfieur; je fuis bien.
Si le petit Monfieur en eût cru fon courage,
L'Égoiſte, à coup sûr, eût paffé mal fon tems.
Or, en des cas pareils, voyez le beau tapage!
Pour le repos du monde, il vaut mieux être fage,
Réprimer fi l'on peut, mais fuir de telles gens.

LA MEDISANCE.

CONTE XXIX.

MÉDIRE est un doux paſſe-
tems !
Sans cela tout languit aux champs
comme à la Ville.
On médit de moi ; je le rends ;
Vraiment, voilà l'*honnête ;* eh bien,
voici l'*utile*.
Trop ſouvent le vice s'endort
Dans le ſein de la jouiſſance.
Au comble de ſes vœux, comment
dire j'ai tort ?

La ſalutaire Médiſance
Rend capable de cet effort.

MAINTEFOIS j'avais vu la prude *Adélaïde*,
Avec un beau jeune-homme, en un boſquet voiſin,
S'entretenir d'un air ſi tendre, ſi benin!
J'en avertis l'époux; & le couple perfide,
Dès le jour même, a diſparu,
Sans que je ſache encor ce qu'il eſt devenu.
Combien, à mes amis, j'ai rendu de ſervices,
En les éclairant ſur les tours
Que

Que Valets & Marchands leur jouaient
tous les jours !
Entre soi l'on se doit enfin ces bons
offices.
Le bonhomme Damon, si rangé, si
pieux,
Croyait ne pouvoir faire mieux
Que de donner sa fille au Conseiller
d'*Orgère* ;
Mais ce Magistrat, si discret,
Chaque soir voyait en secret
Une jeune Grisette avec son pauvre
père.
Je l'ai dit au bonhomme, & puis c'est
son affaire.

Ainsi, dans son aveuglement,

Raisonnait Émilie au printems de son
âge.
Le tems & les chagrins, en la rendant
plus sage,
Lui firent détester un tel égare-
ment.
Les sincères regrets, la piété pro-
fonde,
L'ardente charité, réparaient, loin du
monde,
Les torts de sa jeunesse. Et tous les
malheureux,
Tantôt dans les Prisons où gémit l'in-
nocence,
Et tantôt dans les lieux où languit l'in-
digence,
Attiraient ses soins généreux.
C'est-là que la triste Émilie

Retrouva le tableau des maux qu'elle avait faits.
Victime de la jalousie
D'un époux aveuglé par cette frénésie,
Punissant les soupçons à l'égal des forfaits,
Adélaïde en pleurs, au désespoir livrée,
Des ombres de la mort, chaque jour entourée,
Voyait punir ainsi d'innocens entretiens,
Où Sainfare, un de ses Cousins,
Traitait, dans le secret, d'un heureux Hymenée.
O Dieu! dit Émilie, & ce sont-là les fruits
De mon imprudence coupable!

Leurs projets, leur bonheur, ô femme détestable !
De ta langue empestée, un mot les a détruits.
Bien souvent elle vit dans de tristes retraites
Où languit l'infortune, & Valets & Marchands
Suspects, puis ruinés par ses traits médisans.
Mais ce qui mit le comble à ses peines secrettes,
Un jour, dans les cachots, elle trouve un Vieillard;
A travers des haillons, on ne sait quoi décèle
Son rang, son innocence. O, mon père ! dit-elle,

Si je puis vous ſervir, livrez-vous à
mon zèle.
— Madame, hélas! je vais ſans
fard
Vous confier ici mon Hiſtoire cruelle.
Une affaire d'honneur, en expoſant
mes jours,
Me tenait éloigné du lieu de ma naiſ-
ſance.
Fugitif; mes enfans, par d'abondans
ſecours,
Adouciſſaient mes maux. Après quinze
ans d'abſence,
Je touchais au moment heureux
Où ma grace obtenue allait combler
nos vœux.
Déjà même, en ſecret, j'en jouiſſais
d'avance.

Dans un réduit obſcur, ſous un nom
ſuppoſé,
Une fille à jamais chérie,
Conſolait, partageait les peines de ma
vie.
Chaque ſoir, mon fils déguiſé,
Soutenant mon eſpoir, charmait notre
retraite
Par les récits touchans d'un Hymen
qui s'apprête;
D'une riche Héritière il allait obtenir
La fortune & la main. Le plus doux
avenir
Se préſentait à nous. Un matin que
l'aurore,
A peine pénétrait encore
Dans notre malheureux réduit;
Je m'éveille; j'entends du bruit.

Soudain l'on enfonce ma porte.
Un Exempt, ſa cruelle Eſcorte,
M'arrachent demi-nud des bras de mon enfant.
Hélas! j'ai ſu depuis l'auteur de ma misère.
Une femme (grand Dieu! pardonne au Médiſant)
Une femme a trahi l'infortuné d'*Orgère*.
A ces mots Émilie en proie à ſes remords,
Tombe aux pieds du Vieillard. Cette femme cruelle,
La voici. Mais ma vie ou tous mes biens, dit-elle,
Je le jure à vos pieds, vont réparer mes torts,

TELLE est la Médisance & les maux
qu'elle apprête.
Ah ! que jamais un homme honnête
Ne souille ses pinceaux à peindre la noirceur
De son abominable Sœur.

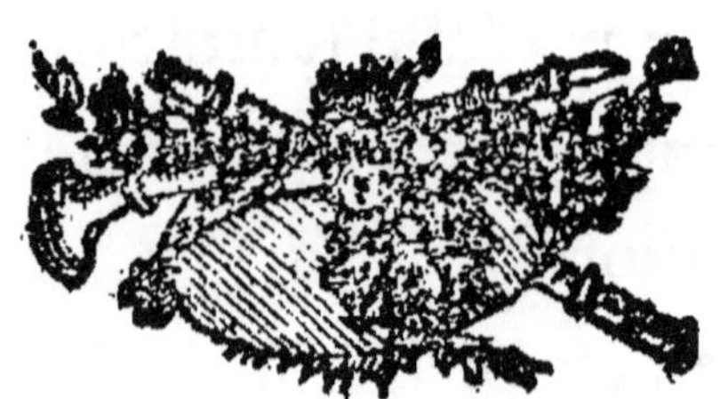

NOTES.

La plus belle image de la force des passions, & le chef-d'œuvre de l'antiquité, c'est le tableau de la *Calomnie* peint par *Apelles*. Au milieu du tableau était la *Calomnie* comme une femme très-belle & très-parée, mais irritée, ayant le regard farouche & les yeux ardens de colère. De la main gauche elle portait un flambeau allumé; de la droite, elle traînait un enfant qui implorait, par ses cris, le secours du Ciel. Elle était précédée de l'*Envie*, sous la forme d'un homme maigre, & suivie de deux femmes qui semblaient prendre soin de ses ornemens. En face de la *Calomnie* était la *Crédulité* avec de grandes oreilles, & tendant les mains à la *Calomnie* qui s'en approchait. Aux deux côtés de la *Crédulité* étaient l'*Ignorance* & le *Soupçon*; celui-ci comme un homme d'une mine assez renfrognée, marquant quelque secrette inquiétude, & semblant pourtant s'applaudir d'avoir découvert quelque chose de caché. L'*Ignorance*, sous la forme d'une femme aveugle.

Dans le lointain, la *Vérité* marchant vers la *Calomnie*, avait derrière elle le *Repentir* sous un habit lugubre.

DANS LE DOUTE, ABSTIENS-TOI.

CONTE XXX.

QUELQUES Sages à part, nous dit le vieux Montale,
On peut, d'un premier trait, peindre la Capitale.
Deux groupes ſeulement compoſent tout Paris.
L'un, aux loix du beſoin ou de l'inſtinct ſoumis,
Dans l'eſpace étroit qu'il habite,

Comme le peuple des fourmis,
S'agite, s'agite, s'agite.
L'autre, de l'araignée habile imitateur,
Ses filets bien tendus, & vivant d'espérance,
Attend, dans le repos, prudent Observateur,
Le prix de sa persévérance.
Le bonhomme Montale a bien aussi son tic.
Dans sa solitude, en public,
Il règle tous ses pas sur certaine Sentence
D'un Philosophe Perse, ou peut-être Indien (*).

(*) *Zoroastre.* Il paraît que celui auquel

Abstenez-vous d'agir, quand il est incertain
Que telle chose est mal ou bien.
Fidèle à son vieil Apohthègme,
Toujours l'heureux Montale, avec le même flegme,
Prit le meilleur parti. Vers les quinze ou seize ans,
Nous disait-il hier, au théâtre du monde,
Il fallut figurer. Parcourant à la ronde
Les rôles les plus beaux ou les plus séduisans,
Je restais indécis. Quand un de mes parens,

---

on attribue les cent Portes du *Sadder*, était Indien. C'est à la Porte XXX qu'on lit cette maxime.

Brave Prélat, filant, dans une paix
 profonde,
Ses jours d'or & de ſoie, offre à mon
 jeune cœur,
D'un riche inſouciant, le facile bon-
 heur.
D'un bonheur différent, l'âme préoc-
 cupée,
Reſpectant, mais craignant un auſſi
 Saint état,
Je refuſai tout net de devenir Pré-
 lat.
Il reſtait à mon choix ou la robe ou
 l'épée :
Je préférai la robe. Et là, mes bons
 amis,
Autant qu'au champ de Mars, de
 nombreux ennemis

Éprouvèrent trente ans ma haine &
mon courage.
Combien, à ce métier, la maxime ſi
ſage :
Dans le doute, abſtiens-toi, me ſervit à
propos !
Mais, en cherchant dans mes
travaux
Quelque délaſſement, au ſein d'un bon
ménage
Je faillis perdre mon repos.
Sans mon *préſervatif*, en cette grande
affaire,
(Tu m'aveuglais perfide amour !)
Un jour, hélas ! encore un jour,
Et je tombais, je crois, aux filets de
Glycère.
Que mes deſtins ſont différens !

Une femme adorable a reçu mes ſermens.
Je dois la douceur de ma vie
Aux talens, aux vertus de ma chère Zélie.
Cependant le zéro d'un gros huit eſcorté,
Malgré ma belle humeur, me dit à la ſourdine,
Que vers le but je m'achemine.
Eh bien, n'ai-je pas la ſanté ?
Hélas ! au bout d'un long voyage
Où l'on ſervit ſon Dieu, ſon Prince & ſes amis,
On voit, avec plaiſir, le terme du meſſage,
Et tous les doutes ſont finis.

LES

FLATTEURS DUPÉS.

CONTE XXXI & dernier.

Loin du monde & de l'esclavage,
Où les vices, toujours en mes vers combattus,
Enchaînent leurs sujets, je plaçais mon Ouvrage
Au Temple auguste des Vertus (*).

(*) Les Poëtes, à Rome, déposaient leurs Vers au Temple d'Apollon.

Soudain j'apperçois les Statues
De ces divines Sœurs, sur leurs socles émues,
Tendrement me sourire, & les plus doux accens,
Par ces mots, pénètrent mes sens.

« L'AUTEUR de tous les biens a reçu » ton hommage ;
» Les races avenir béniront tes le- » çons.
» Goûte, au sein de la paix, le vrai » bonheur du Sage ;
Mais de ton Luth encore il faut » tirer des sons ».

J'OBÉIRAI. Mais vous, ô vous! Maîtres du Monde,

Songez que ſur vos ſages Lois
Notre plus cher eſpoir ſe fonde :
Le Monde ſe conduit ſur l'exemple des Rois.
Celui qui, finement crédule,
Joua de vils Adulateurs,
Et, par l'arme du ridicule,
Repouſſa plaiſamment leurs propos corrupteurs,
Donnait un grand exemple. Aux rives d'Angleterre,
Entouré de ces Courtiſans
Prodigues du perfide encens,
Dont, infectant le Trône, ils corrompent la terre,
Ce Prince contemplait le ſpectacle pompeux

De l'Océan chargé des richeſſes lointaines
Que roulaient ſur ſes vaſtes plaines,
Pour la fière Albion, des Navires nombreux.

« VOYEZ, lui dirent-ils, ces Campagnes fertiles,
» D'innombrables Sujets, de floriſſantes Villes,
» Et cette Mer ſoumiſe à vos ſuprêmes Lois !
» Tout fléchit ſous la main du plus puiſſant des Rois ».

LE Monarque, à ces mots, jette ſur le rivage

Son manteau replié; puis s'assied,
Mais bientôt
Le flux vient ramener le flot
Qui doit inonder cette plage.
Alors, d'un ton majestueux,
Il s'écrie : Océan, tu vois ici ton
Maître !
Jusqu'à moi je défends à tes flots
orgueilleux
D'avancer ou d'oser paraître.

JUGEZ ce qu'il en fut! Ce sarcasme
innocent,
Sur nos Seigneurs de Cour, eut un
effet puissant;
Car, de long-tems, la flatterie,
Les trahisons, la fourberie,

De tout cela rien ne parut,
Pas même la forfanterie.
Honneur & gloire au Roi *Canut*(*).

(*) Voyez l'Hiſtoire d'Angleterre.

FIN.

www.ingramcontent.com/pod-product-compliance
Lightning Source LLC
LaVergne TN
LVHW010610110826
845149LV00003B/846

9782014474367